AF458322

ELOGE
DE
SAINTE WAUDRU
FONDATRICE

Du Chapître Roïal des Trés-nobles Dames Chanoinesses & Patrone de la Ville de *Mons* :

PAR

Le Reverend Pere ANTOINE DE CHARLEROY Capucin Stationaire de la Province de Flandres, Predicateur de Caubergh Paroisse de la Cour à Brusselles.

A BRUSSELLES,
Chès GILLES STRYCKWANT Libraire-Imprimeur à l'entree de la Berge-straet aux trois Mores.

AVEC APPROBATION.

A

SON ALTESSE SERENISSIME

ADAME,

Un Panegirique de Sainte WAUDRU ſi rare qu'il eſt unique, reſpiroit une Approbation unique qui renfermât l'univerſelle. Vous l'avés AUGUSTE PRINCESSE, miſe dans toutes les bouches au moment que Vous me permîtes de mettre Vôtre Nom immortel à la tête : Je ne prends pas la liberté de le dedier à V.A.S. pour m'agrandir à ſes pieds de l'honneur de l'avoir prononcé une-fois dans Sa trés-illuſtre Collegiale à *Mons* : Mais pour aſſurer tous les yeux qui le liront que rien n'eſt plus grand que le reſpêt avec lequel je le joins à celui que *Mons* prononcera toujours le Panegirique vivant de Vos pieuſes & Roïales attentions à la même Sainte, ſeul objet qui lui merita deux fois, Vôtre Auguſte Preſence. Complimens, Applaudiſſemens, Ornemens de la Ville, rien n'a pû arrêter le Charme Divin de la Pieté qui Vous enlevoit, Vous n'étiés pas ſi-tôt toute-puiſſante à ſes Portes, que Vous ne fûtes toute ſuppliante devant les pretieuſes Chaſſes du Corps & du Chef de Sainte WAUDRU. Il ſuffit que V. A. S. y eût paru pour n'en plus diſparoître. Ce n'eſt pas ma plume qui le publie, ce ſont vos Exemples, MADAME, qui parlent toujours dans le Public : Qui pourroit leur impoſer ſilence ? Les momens que Vous employés à les produire nous reproduiſent des éternités pour les dire : Vôtre Devotion qui ſurpaſſe toujours tout, a laiſſé, en paſſant ſeulement dans cette

Egliſe

Eglise, d'édifiantes impressions qui ne passeront jamais; dejà elles sont gravées au Temple de memoire d'un Chapître, auquel seul SA SACRE'E MAJESTE' IMPERIALE ET CATHOLIQUE, fait autant d'honneur en particulier qu'à tout l'Univers en général : Il ne porte pas plus le Sceptre de l'un que la Crosse de l'autre : Les Très-illustres Dames qui le composent ont & du Droit & de la faveur de la Roïauté, reçu pour Pére celui & que la Nature & que le DIEU de la Roïauté Vous ont donné pour FRERE CHARLES EMPEREUR ET ROY. Je ne Vous dirai pas, cependant, que depuis qu'il a plût à DIEU d'associer V. A. S. à l'Empire de la Terre, il n'a plus qu'à donner ses Soins au Gouvernement du Ciel, Compliment trop flateur de *Pline à Trajan*, je Vous dirai, application plus juste, que depuis que le Dieu visible du Monde Nôtre AUGUSTE MAITRE, envoïa V. A. S. à *Brusselles*, il peut donner Ses Majestueux Momens aux autres Affaires de Ses Etats, & se reposer sur Vôtre Sagesse non seulement de la direction de la Crosse Abbatiale de son Chapître à *Mons*; mais de toute l'Autorité de Son Sceptre Imperial dans Nos Terres. Jamais ce Roi des Rois dont le Trône porte sa pointe jusqu'au Ciel ne pouvoit mieux, MADAME, Nous faire admirer

ver-

admirer & Sa Penetration & Sa Puissance, qu'en Vous continuant dans Nos Provinces, toujours avec assés de capacité pour y remplir l'immensité de Son Nom par l'Equité de Vôtre Gouvernement, & assés de zéle pour remplacer les honneurs de Son Chapître par les ordres de Vôtre Pieté, aussi grande que lui-même, plus petit que DIEU seul. Capacité universelle, zéle particulier, tout deux ont trop d'éclat, les Langues pourroient-elles se taire, quand l'experience ouvre toutes les bouches? Celles de nos Provinces publient qu'elles joüissent d'une AUGUSTE GOUVERNANTE dont la parfaite integrité sçait menager l'interêt des Peuples par amour & soutenir ceux de DIEU & de CÆSAR par justice. Ne Vous y attirassiés-Vous MADAME, aucune veneration par Vôtre Rang, les bontés de Vôtre Cœur, le Cœur de Vos bontés, ce fond & cette profusion de benignité, Vous y attacheroit tout le monde, pour Vous faire tout ce que Vous êtes, par reconnoissance, si dejà Vous ne l'étiés par Naissance. Au moindre bruit d'un depart, ou à la plus mince apparence d'une maladie, quelles allarmes! l'Eglise qui tient le Jansenisme terrassé soùs les seuls pieds de V. A. S. craint de perdre le Bouclier de Son invincible Protection. l'Etat qui ne s'assemble qu'en regnant sur tous

les

les Etats, honnoré de Vous voir aussi Glorieuse d'y soutenir le Sceptre que de le porter, publie que la Mort, à qui tout cedera, cede dejà à Vôtre Regne immortel. La Cour qui dans la plus grande des Maitresses jouït de la meilleure des Méres, expire aussitôt de tous ses plaisirs, & ne s'exprime plus qu'en soupirs. Le Conseil apprehende de ne plus sçavoir l'art de finir les differends que Vos sages Avis sçavent prevenir. Les Peuples qui admirent la Charité Vous mettre autant de palmes dans les Mains, que Vous tirés de pardons de Vôtre Coeur, ont peur d'être privés d'une GOUVERNANTE qui de tems en tems reçoit des Aides du Païs, moins pour être aidée que pour en aider continuellement le Païs. Que de Cloîtres repeuplés ! que de Familles retablies ! que de Veuves & d'Orphelins r'assurés, nous font voir, trop Aimable PRINCESSE, que le Ciel ne renferma en Vous tout ce qu'il a de plus pretieux, par ses Benedictions, que pour les faire servir à la Felicité de Nos Terres par Vos Bienfaits : Tous les Siécles sçauront, MADAME, & aucun Siécle ne l'oubliera, combien *Brusselles* est sensible au bonheur de Vous obéir. Vous le publierés Posterité la plus reculée, ce que le present le plus favorisé doit à l'Equité & aux Delices de Son Gouververnement. Quelle Grace, & en même tems quelle Gloire pour tous Vos Sujets, s'il plaisoit au Maître de la Vie, d'accorder à nos têtes baissées la diminution de nos Ans pour la prolongation des jours d'une GOUVERNANTE ROYALE, qui pour armes n'a que des charmes, & pour traits que des attraits: A ces Vœux universels, j'arrêtte ma plume, SERENISSIME ARCHIDUCHESSE, mais permettés à mes priéres particuliéres de les passer tous, portées sur le vol des Aigles Imperiales, je ne les finirai pas que Nôtre AUGUSTE CÆSAR, ce Soleil du Monde Chrétien n'ait fait un jour éclipser l'injuste Croissant de la Lune dans des nuës aussi profondes que le respêt infini qui m'exprime au delà de toutes les Expressions

MADAME,

DE VOTRE ALTESSE SERENISSIME

Le très-humble, très-obeïssant & très fidele Serviteur & Sujet
F. Antoine de Charleroy Capucin Stationaire de Cauberg.

Pulchra ut Luna, electa ut Sol. Cant. 6.

Elle eſt comme la Lune, Elle eſt belle en ſa Vie :
Elle eſt comme un Soleil, Elle eſt très-bien choiſie.

EXORDE.

J'Entreprens un Eloge, admirez mon deſſein,
D'être oüis & compris, c'eſt mon unique fin.
J'unis la Proſe aux Vers, il faut que l'élegance
Dans la chaire aujourd'hui, cede à l'intelligence
L'Eloge de WAUDRU, doit être édifiant !
C'eſt un Eloge auguſte, & tout vivifiant :
Noble en ſa pieté, pieuſe en ſa Nobleſſe
Des traits de ſes vertus, tous les cœurs elle bleſſe !
Ma Muſe taiſez vous ! on ne peut qu'admirer,
Qui croiroit au Parnaſſe ? il s'attâche à rimer
Figures d'Oraiſon vous ne ſçauriez vous taire,

Mais dites aussi-bien, qu'elle a toûjours sçu faire ;
Etoiles cachez-vous, le spectacle surprend,
Des vertus de WAUDRU le nombre est bien plus grand
Modestie angelique, Oraison assiduë
Exemple conquerant, charité étenduë,
Receuillement profond, sublime humilité
Celeste engagement, Sainte Fecondité.
Amour spirituel, triomphante retraite,
Digne fondation, recompense parfaite :
Quel nombre de vertus ! c'est ma facilité
Quel nombre de vertus ! c'est ma difficulté.
Plus de fleurs dans les mains, que de mots à la bouche,
Prose & Vers tout ensemble, un tel sujet vous touche :
Parlez mon Ciceron, figurés à l'entour
Emportez-le ma Muse, ornez à votre tour,
WAUDRU à tout bien fait, on n'en sçauroit trop dire.
Le Poëte & Rheteur, pourront-ils y suffire ?
L'*Hainau* & ses sujets, le Chapître & son Roi
Tous quatre interessés, à son Eloge ont droit.
Mere aujourd'hui des uns, des autres la Patrone
Je cueille sur vos Cœurs les fleurs de sa Couronne.
De sa fête il est tems formons-en le succès

J'y

J'y arrangerai tout, ſa vie & ſon decés.
Quel ſimbole aſſés juſte exprimerat en terre
De la noble WAUDRU, l'auguſte caractere ?
Je ne l'y trouvai point, je le trouvai au Ciel,
Un c'eſt peu, j'en ai deux, la Lune & le Soleil.

Pulchra ut Luna Electa ut Sol.

C'eſt le Soleil en choix, tandis qu'elle s'engage,
C'eſt la Lune en beauté, dès qu'elle ſe degage.
Diviſion
WAUDRU très-bien choiſie, en ſon engagement,
WAUDRU mieux embelie, en ſon degagement.
Voilà de ſes honneurs, les deux juſtes eſpaces.
Saluons donc Marie, en tout pleine de graces.

Ave Maria.

PREMIERE PARTIE.

Terre, ne parlez plus, laiſſez parler le Ciel,
WAUDRU dans ſon Hymen, eſt ſemblable au Soleil.
Subdiviſion.
C'eſt un Soleil levant, chaſte comme l'aurore,
Pour premiere raiſon, recherche qui l'adore :
C'eſt un Soleil brillant, fecond en ſon midi,
Pour deuſiéme raiſon, Enfans en Paradis :
C'eſt un Soleil couchant, tout rouge en ſa defaite :
Pour troiſiéme raiſon, Grandeurs qu'elle rejette.

PREMIER MEMBRE.

C'eſt un ſpectacle affreux, le Monde dans la nuit,
Tout eſt dans le ſilence, on n'entend aucun bruit.
Campagnes & Forêts Prairies & Rivieres,
Tout eſt triſte & obſcur, ſans beauté ſans lumieres;
A la pointe du jour, c'eſt un Monde nouveau,
La nature renaît, il n'eſt rien de plus beau.
Quand l'aurore a percé, rien ne paroit difforme:
Le cahos ſe debrouïlle, & tout réprend ſa forme.
Les yeux en ſont charmez, & le cœur s'y complait,
Tout enchante, tout rit, tout contente & tout plait.
Que ſeroit le *Hainau*, ſans WAUDRU qui l'éclaire?
Climat diſgracié, retraite circulaire:
Chateau tout ruiné, inaceſſible Mont
La *Haine* ce fil d'eau, fait l'encre de ſon nom.
Plus *Chateau-lieu* eſt haut, plus le Soleil l'honnore,
Bientôt WAUDRU naîtra, j'y vois poindre l'aurore.
Elle embelit la France, admirez en les Pairs,
Pharamond, *Auberon*, *Claudion*, les *Walberts*.
Ce Sang toujours Roïal, voilà ſon origine
On le verra former la Roſe ſans Epine.
Pour l'obtenir du Ciel, deux cœurs ſont tout en feux.

De Walbert & Bertille elle eſt donnée aux voeux :
Le Roïaume aplaudit, & vit en eſperance !
C'eſt un bienfait de Dieu, un hommage à la France :
Effêt de la Priére, on lui doit cet Enfant
Il eſt de plus parfait, faveur du Tout-puiſſant.
Quelle joïe par tout, au lever de l'aurore
Groſſe de la lumiére, on l'admire, on l'adore ;
La nature en profite, Elle produit l'amour,
On l'eſpére, on l'attend, la Mére d'un beau jour.
WAUDRU charme d'abord, les Villes & Provinces,
Elle enleve les cœurs, elle touche les Princes :
Quel noble adorateur ! quel digne ſoupirant !
Dejà l'himen ſe forme un Roial conquerant.
Un Seigneur de la Cour, le jeune *Maldegaire*
Ce favoris du Roi, ce Prince héreditaire,
Se declare pour Elle, il eſt à ſes genoux,
Si vous voulés WAUDRU, mon cœur eſt fait pour vous.
L'aurore eſt toujours chaſte, obſtacle à la Princeſſe,
Elle aime à ſe fixer, du *Hainau* la Comteſſe,
Ce tître vous ſurprend, j'exprime ſa grandeur ;
Mais je lui rends juſtice, & j'étends vôtre ardeur.
Des anciens Ecrivains, quels foibles carractéres ?

Il faut les corriger, on a vu quelques terres
Avant *Charles le ſimple*, aſſiſes en Comté,
La preuve eſt en *Hainau*, voici la verité.
Il reçut cet honneur des premiers Rois de France
Pour aux Princes du Sang donner quelque aſſurance.
Des auguſtes *Walberts*, le quatriéme du nom,
Tous juſtes héritiers, de leur Pére *Auberon.*
Laiſſa cette Comté, à WAUDRU ſon Ainée,
Teſtament conſervé, volonté enchainée
D'une plume Roïale on a l'écrit certain
Du Pére & de l'Ayeul du fameux *Charles Quint*,
De ce noble Collége aſſemblés les Archives,
Leur parole y fait, foi quelles preuves plus vives?
Quel digne monument, quel memoire plus beau?
Nous tenons de WAUDRU, la Comté du *Hainau* :
Qui fût de ce Païs *Souveraine Comteſſe.*
D'un ſtile peu chatié, j'éteins l'impoliteſſe
De deux ſi puiſſans Rois, la parole & l'écrit,
Pour des yeux peu percés, quel plus perçant decri ?
Des Comtes Souverains, qu'héritiére on l'apréne,
On ne peut la nier, Comteſſe Souveraine.
Qu'importe à *Maldegaire*, il borne ſon deſſein,

Il pourſuit ſes amours, en verra-t'il la fin ?
Il paſſe ſur ſes biens, il s'attâche au merite
Du plus vaſte Roïaume, il ſçait qu'elle eſt l'élite.
A-t'elle un ſeul defaut ? c'eſt un Ange en beauté,
C'eſt peu, il faut mieux dire, un Ange en pureté :
De ſon ſincére Amant, elle blame le faſte,
Tous ſes ſoupirs ſont vains, ſon entretien eſt chaſte,
Elle ne peut ſouffrir ſes adorations,
Elle raporte à DIEU leurs converſations.
Elle lui offre tout, & ſon Corps & ſon Ame,
Le Cœur peut-il brûler d'une plus Sainte flame ?
Pure comme l'aurore, elle en a tous les traits,
L'amante a mil appas l'amant a mil atraits,
Il eſt donc digne d'elle ? égale à ſa perſonne,
Son Sang rougit le Sceptre, à droit à la Couronne,
C'eſt un droit naturel, c'eſt un droit preſomptif,
Chaſte amour de WAUDRU, ſoyés-y attentif.
Cette Aurore eſt aimée, autant qu'elle eſt aimable,
On raiſonne on promet, perſonne n'eſt blamable.
Reſiſtance inutile, obéiſſés WAUDRU,
L'amour vous unira, qui l'auroit jamais cru ?
Par le conſeil de DIEU, vos nobles Pére & Mére

De

Déjà vous ont promiſe au Comte *Maldegaire* ;
La Chaſteté ſuffit de ce Soleil levant,
Sa fecondité brille au Soleil raïonnant.

SECOND MEMBRE.

On le ſent s'échauffer, de ſa propre matiére,
On le voit augmenter, peu à peu ſa lumiére ;
Ah qu'elle eſt gratieuſe ! Elle fait le plein jour.
Quelle ardeur dans ſes feux ! Simbole de l'amour,
Il paroit dans WAUDRU, le Ciel ſe fait entendre
Un jour plus lumineux la fera condeſcendre ;
L'amant ſera fidéle, il fit un trop beau choix,
Digne aſſiduité ! l'amour prête ſa foi :
Rejoüiſſés-vous-en, triomphant *Maldegaire*,
Le Seigneur eſt pour vous, Qui vous ſeroit contraire ?
WAUDRU a conſenti, ne perdés plus de tems,
Allés près des Autels conſacrer vos ſermens.
Mêmes perfections, même eſprit & même âge,
Et la Terre & le Ciel prouvent leur Mariage,
Vous l'euſſiés vuë heureuſe en ſa Virginité,
Je la dis plus heureuſe en ſa fecondité.
C'eſt peu de la ſçavoir, de plus d'un Roi la Fille,
Mére elle enfantera, une Sainte Famille.
Le Soleil s'y éléve il perce en ſon état,

Non, je veux l'arrêter, dit l'ombre à ſon éclat
Le Meſſie eſt venu : depuis cette aſſurance
A la Virginité il rend la preference ,
Ce n'eſt plus un opprobre , on parle en ſa faveur ;
Il ne faut plus de Mére à un futur Sauveur.
Vous perdés vôtre prix, état de Mariage,
Le Celibat eſt pur, il aura l'avantage :
Vous peuplerés la Terre, il peuplera le Ciel,
Cette ombre couvre peu la ſplendeur du Soleil :
Elle éclate en WAUDRU, Elle devient feconde,
Plait-Elle moins à DIEU que ſa Sœur Aldegonde ?
Ne naquit point *François* Celeſte Region,
Perte pour vous ! & perte à la Religion ;
Que feroit l'argument & toutes ſes inſtances
Sans *Thomas* qui y prime, & toutes ſes ſentences ?
Quel honneur ne fait pas le ſublime *Auguſtin* ?
Les ſiécles & l'Egliſe, admirent ſon deſtin ;
Je mets Sainte WAUDRU au deſſus de leurs Méres,
Ces raïons ſont trop vifs, & non pas des Chiméres.
Ils forment le midi de ſa fecondité,
Le Soleil y paroit dans toute ſa clarté ,
La Grace a l'aſcendant, la nature eſt jalouſe,

Celle-là a les fruits de cette digne Epouſe.
Autant qu'elle a d'Enfans, ce ſont autant des Saints,
Les amours ſont heureux d'en venir à leurs fins.
Voici la plus parfaite, ô digne Mariage !
Il eut la Sainteté, pour objet & pour gage.
Le Ciel le recompenſe, il benit leurs deſſeins,
Une Sainte & un Saint, devoient former des Saints,
Parcourés & cherchés dans toutes les Familles,
Vous n'en trouverés pas, dont tous les Fils & Filles
Receuſſent ce bonheur, d'être ſolemniſés,
Ils ſont dans celle-ci, quatre canoniſés.
Le petit *Dantelin* le fût par ſon Enfance,
Landri de *Mets* Evêque, a plus de recompenſe
Maldeberte, *Aldetrude*, augmentent toutes deux,
On n'en ſçauroit douter, le ſort des Bienheureux.
C'eſt jubilation dans les Chœurs Angeliques,
C'eſt Fête dans l'Egliſe, écoutés ſes Cantiques.
Berçeau, Croſſe, Camail, quels brillants dans les yeux !
Un Evêque, un Enfant, deux Abeſſes aux Cieux !
Maubeuge aimés *Rachel* ſa Sœur Vierge *Aldegonde*,
Mons aime mieux *Lia*, WAUDRU Mére feconde :
Sa Fecondité brille au Soleil raïonnant,
Sa defaite eſt ſemblable, à un Soleil couchant.

TROISIEME MEMBRE.

Le jour ne dure pas, & le Soleil s'incline ,
Après avoir brillé, il tombe, & il decline ,
Il nous donne l'Adieu, ſon éclat ſe ternit ,
Il vient à ſon couchant, peu à peu il finit.
Quelle triſte figure ! application juſte :
Le preſage eſt frapant, la verité auguſte ,
Maldegaire & WAUDRU paſſent d'heureux momens,
Leurs cœurs faits l'un pour l'autre, ah qu'ils vivent contens !
Des ſi chaſtes amours les liens admirables,
Feroient un Paradis s'ils étoient perdurables.
O funébre Préface ! en doit-on voir la fin ?
Ouï le Soleil ſe couche, il eſt à ſon declin.
On doit les deſunir, la Guerre eſt declarée ,
Sainte WAUDRU l'apprend, Elle y eſt preparée,
Maldegaire eſt guerrier, de ſon âge à la fleur ,
Le Roi ſçait de ſon bras la force & la valeur.
Les Gaſcons ſont oſés, ils forcent l'Hyberie ,
L'Eſpagne conſternée y perd cette Patrie.
Les interêts de Dieu, les interêts du Roi ,
En faut-il d'avantage ? il en ſuivra la Loi.
Après *Chadonias*, *Maldegaire* commande,

Saint

Saint *Gregoire de Tours*, en ſes Lettres le mande.
Dieu quel ſaiſſiſſement ! le depart d'un Epoux,
Quel moien de parler ? WAUDRU conſolés-vous.
Du champ enſanglanté, du tranchant des Epées,
Des Cadavres éparts, ſes vuës occupées,
Qui pourroit la blamer ? Elle craint les combats,
R'aſſurés-vous Epouſe, il ne peut être bas.
Ses deſſeins ſont bien pris, ſes ſoins ſont infaillibles,
Il a tous les égards des Heros invincibles.
Que ne peut point la grace ? ô Empire ! ô attrait !
Elle perce WAUDRU, d'un victorieux trait.
Je Vous l'offre dit-Elle, ô grand Dieu de l'Armée,
Combatés avec lui, où je ſuis allarmée
De l'acier ennemi, il voit le mouvement,
Il avance le pas, ſans tarder un moment.
Cachés-le à WAUDRU, la Bataille eſt donnée,
Dites-le à WAUDRU, la Bataille eſt gagnée.
Gloire au Roi *d'Agobert*, les Gaſcons ſont ſurpris,
Gloire à ſes Généraux, les rebelles ſont pris
Des armes quel ſuccès ! ſa bravoure fleurie,
Maldegaire eſt reſté, Regent de l'Hiberie.
De *Mars* & de *Bellone* il a le champ guerrier,

La

La Victoire le ſuit, il en a le Laurier.
WAUDRU ouvrés les yeux, j'eſſuïerai vos larmes,
R'aſſurés vôtre Cœur, ſur le ſort de ſes armes.
La Palme la ravit, la conquête lui plait,
Comment l'en applaudir ? l'éloignement deplait :
Il eſt Vainqueur helas ! j'en ſuis trop convaincuë,
La Victoire eſt au Roi, & je ſuis la vaincuë.
Cedés-vous mon amour, au ſort de nos deux Cœurs,
Je veux vaincre, dit-il, le plus grand des Vainqueurs.
Je m'y rendrai moi-même ; Epouſe quel courage !
Indiſcret qui la plaint ! de faire ce voyage.
Quand le Soleil ſe couche, on voit la fin du jour,
Ce n'eſt point pour cela, la fin de ſon amour.
Maldegaire eſt bien loin, il vit dans ſa memoire,
Elle part, Elle courre à l'ombre de ſa gloire.
La Grace la ſurprend, rien de moins naturel,
Son Ange la conduit, tout eſt ſurnaturel.
De revoir ſon Epoux, Quelle divine inſtance !
Elle en ſçait ſans ſçavoir l'ineffable importance ;
Difficultés, longueur & perils du chemin,
Elle abandonne tout, au Secours non-humain.
Plus Elle avance au bût, plus ſon Cœur ſe dilate,

Elle

Elle arrive en Eſpagne, & ſa preſence éclate.
Vous vivés cher Epoux dans un nom virtuel,
L'Eclat eſt dangereux s'il n'eſt ſpirituel.
La playe de la Guerre, eſt tout à fait guerie,
Je meurs ſoùs vos Lauriers, ou quittés l'Hyberie.
Recevés mon amour, decidés de mon ſort,
Voulés-vous plus de gloire ? Elle ſera ma mort.
Revenés avec moi, vous avés fait campagne,
L'Ennemi deſarmé, tout eſt ſûr en Eſpagne :
Eſt-ce WAUDRU qui parle ? Elle lui dit beaucoup,
Non, c'eſt Dieu qui l'inſpire, Elle ne dit pas tout.
Elle a quelque deſſein, il faut que je le ſçache,
J'y vois évidenment le Soleil qui ſe cache.
Admirés la rougeur qu'il laiſſe en ſe couchant,
Quels raïons lumineux ! le ſoir en eſt touchant.
Tout l'air eſt enflâmé : c'eſt du feu de la grace,
Le Ciel eſt bien trop rouge, où laiſſe-t'il ſa trace ?
WAUDRU ſent l'éteincelle, Elle fait ſes ébats
D'amener ſon Epoux d'abord aux Païs-bas.
Qu'il faiſoit beau le voir, pompeuſe difference;
Charmé de ſes exploits rentrer dedans la France;
Le Roi le felicite, il ne voit pas le Cœur,

Mal-

Maldegaire eſt vaincu, quand il le croit Vainqueur.
Triple Lis de la France, étendés vos conquêtes,
Ornés de vos trois fleurs, tout à la fois deux Têtes :
L'Epoux en eſt très-digne, il merita le prix,
L'Epouſe en a la gloire Elle vainc ſon Mari.
Mais c'eſt aux yeux de Dieu, ô divine lumiére !
Le Soleil va s'y perdre, il finit ſa carriére.
Un beau reſte d'éclat, brille à la fin du jour,
WAUDRU va aux Autels, plus ſouvent qu'à la Cour.
C'eſt un Soleil levant, chaſte comme l'Aurore,
J'en prouvai la raiſon, recherche qui l'adore :
C'eſt un Soleil brillant, fecond en ſon midi,
J'en prouvai la raiſon, Enfans en Paradis.
C'eſt un Soleil couchant, tout rouge en ſa defaite,
J'en prouvai la raiſon, grandeurs qu'elle rejette,
WAUDRU fût donc choiſie en ſon engagement,
La dirai-je embellie en ſon degagement ?
Je ne puis rien céler de ſa Sainte Fortune,
Le Soleil eſt tombé, laiſſons venir la Lune.
De ſes nobles Vertus, c'eſt un autre témoin,
De ſes nobles Vertus, c'eſt mon deuxiéme Point.

SECONDE PARTIE

J'ai étudié la Lune en une même Ecole,
De la grande Waudru, c'eſt encore un ſimbole,
SUBDIVISION. Elle change comme elle, elle en ſçait les quartiers.
Pour premiére raiſon, du monde adieux altiers,
Elle eſt claire comme elle, en ſon croiſſant ſenſible,
Pour deuxiéme raiſon, Vertu qui eſt viſible.
Elle influë comme elle, elle eſt en tout ſon plein,
Pour troiſiéme raiſon, fruit qu'elle a à ſa fin.

PREMIER MEMBRE.

Ce n'eſt point un defaut, lorſque la Lune change,
Je previens vos eſprits, c'eſt un tour de loüange.
Je vis ſes mouvemens, jamais d'irreguliers,
Accompagnons Waudru, ſes ſoins ſont reguliers.
Que la Cour lui deplait; trop dangereux ſentier,
Elle fait de ſon cœur, un aveu tout entier,
Elle ne veut plus voir, ſon cher Epoux guerrier,
Elle veut de la paix lui cueillir le Laurier,
Ne diſſimulons pas aimable *Maldegaire*,
Otés la preference, à l'honneur de la Guerre,
Vous voulés, je le ſçai, bâtir un Monaſtére,
Quand j'admire le Ciel, ce n'eſt rien de la Terre.

Ne temporisés pas, il est tems de le faire ;
Ah qu'on est bien-heureux d'y finir sa carriére !
J'écoute son Epouse, Elle lui tend la main,
Son cœur seroit charmé qu'il en prit le chemin.
Le Ciel s'ouvre à l'Epoux, lui explique l'Oracle,
Jamais de nuit si belle, il s'écrie Miracle,
Il voit l'Ange en descendre, il lui fait un Sermon,
Le roseau à la main, lui designant *Aumon.*
Plus ravis que surpris, il respire il s'éveille,
D'être heureux dit Waudru, nous sommes à la veille.
Le Miracle est caché, il faut s'en éclaircir,
Le Miracle est connu, qui pouroit l'obscurcir ?
Ils viennent à l'endroit, ô la Sainte Surprise !
Ils y trouvent d'abord, tout le plan d'une Eglise.
Ils contemplent la Terre, ils contemplent les Cieux,
Ils ne sauroient parler, ils s'expliquent des yeux ;
Leur language est muët, mais tout intelligible,
Les cœurs parlent au cœur, du plus sûr, eligible.
L'Ange est-il disparu, qu'il vienne l'expliquer,
Deux Evêques, deux Saints viendront nous l'apliquer,
Au gros buisson de l'Ours où Saint *Guilain* medite :
Font *Amand* & *Aubert*, une Leçon bien dite,

De ſes dignes Epoux, ſincére intention !
Ils viennent écouter leur Predication.
Du prix de la retraite & du peril du Monde,
Ils prêchent ardenment la verité profonde :
Cher Epoux, dit WAUDRU, Dieu vous parle & à moi,
Hâtons-nous, il eſt tems, d'obéir à ſa voix.
Le plan tombé du Ciel, marque vôtre retraite,
Nous quitter pour JESUS, union plus parfaite :
Nous quitter un moment, pour nous unir toujours,
C'eſt nous quitter long-tems, ſans nous quitter un jour.
Si JESUS prend nos cœurs, le ſien, quel doux partage,
De trois il n'en veut qu'un, c'eſt bien nôtre avantage:
Ah qu'il eſt glorieux à ſon Epoux content !
De l'entendre parler d'un ton vif & conſtant.
Qui s'en étonneroit, ſi le prodige eſt rare ?
Souvenés-vous, Meſſieurs, à qui je la compare,
Penetrés dans les airs & contemplés le Ciel,
C'eſt à la Lune ſeule & non plus au Soleil :
Des âges de la vie elle eſt la grande hôteſſe,
Elle les reçoit tous, utile politeſſe,
Elle fait les quartiers pour toutes les Saiſons,
Dans les apartemens des quatre Lunaiſons.

Lequel preparés-vous, WAUDRU pour *Maldegaire* ?
La Lune lui designe *Aumon* pour Monastére.
Il en benit le Ciel, il sçait l'Ordre de Dieu,
Rien ne l'empêchera de vivre dans ce lieu.
Surprise de la Cour, contre-ordre en diligence,
Interêts du Roïaume, espoir de la Regence,
Approche de la Guerre, agrément de la paix,
Intention du Roi, promesse de bienfaits :
Affaires de l'Etat, & l'état des affaires,
Tout combat, mais en vain, ses desseins les plus chères.
C'est sa vocation, elle doit l'emporter,
Lorsque la Lune change, on ne peut resister.
A l'accomplissement, WAUDRU qui le façone
D'un visage serein, le conduit en personne !
Quel cortége plus noble ? un Corps du plus haut rang,
Les Princes de l'Eglise, & les Princes du Sang,
Tous se faisoient honneur de former la conduite,
C'est du monde un triomphe, & non pas une fuite.
Ce qui touche la troupe, on goutoit en chemin
Un aplaudissement d'une Divine Main :
Plus on approche *Aumon*, & plus les plaisirs charment,
Plus on approche *Aumon*, moins les Epoux s'allarment.

Vous diriés ce qu'on vit, une fois pour toujours,
Que leur dernier adieu, fait leurs premiers amours.
Ce ſont d'aimables vœux, ce ſont deux cœurs en flâmes,
La grace avec ſes feux, triomphe de leurs Ames.
C'eſt ſa double conquête, exemple ſans pareil,
Deux cœurs en ſe quittant, trouvent en terre un Ciel.
L'Epoux change de tout de lieu, de nom, de Vie,
Il oublie le monde, & le monde l'oublie.
Soùs le nom de *Vincent* il derobe ſon ſort :
Aumon le vit vivant, *Soignies* le voit mort.
Divin degagement, convenance commune,
La nuë de retour, couvre d'abord la Lune :
WAUDRU change comme elle, elle en ſçait les quartiers,
Vous n'en pouvés douter, *du monde adieux altiers.*
Elle eſt claire commé elle, en ſon croiſſant ſenſible,
Admirés-la toujours, *Vertu qui eſt viſible.*

SECOND MEMBRE.

Quoi qu'elle ait en partage, à jamais la beauté,
Elle n'a pas toujours pour cela la clarté :
Elle eſt (nous le voïons) quelque-fois lumineuſe,
Elle eſt également quelque-fois tenebreuſe.

Lors-

Lorſqu'elle eſt lumineuſe, à ſon ombre on la ſuit,
Lorſqu'elle eſt tenebreuſe, à ſa vûë on la fuit.
Quelle explication à cette double Embléme,
Ces deux propriétés forment un grand probléme
En faveur de WAUDRU, il eſt bien terminé,
Le point de ſon croiſſant en eſt illuminé.
Du depart de l'Epoux, ſalutaire importance
De ſa vertu l'Epouſe y prevoit la conſtance,
Humble dans les grandeurs, grande en humilité,
C'étoit ſon ſeul deſir d'obſcurcir ſa clarté.
Il eſt bien difficile, eſt-il même poſſible ?
Cachés la Sainteté, Dieu la rendra viſible :
C'eſt bien aſſez WAUDRU, être ſoùs le boiſſeau,
Il faut édifier, c'eſt l'Ordre du Très-haut.
Saint *Guilain* le lui porte, elle écoute l'Oracle,
Allés ſur *Chateau-lieu*, dreſſer un Tabernacle :
L'odeur de vos vertus, le parfum de vos feux,
A la poſterité rendront ce *Mont* fameux.
Vous en ferés l'honneur de toutes les Provinces,
Seule toujours fidéle à Dieu, & à ſes Princes :
Allés y établir la meditation,
Pour y paſſer la Vie en contemplation.

Sans

Sans doute le Ciel s'ouvre à ſon intelligence,
C'eſt la Lune qui croit, Elle fait diligence,
Secondés-moi, dit-elle, *Hidulphe* cher Couſin,
De toute ma Maiſon; je veux faire un Lieu Saint.
Le Batiment eſt beau, il eſt du goût du Monde,
Elle courre s'en plaindre, à ſa Sœur *Aldegonde.*
Pour fondement, dit-elle, il a la vanité
Pour embeliſſement, la ſomptuoſité
D'un deſſein ſi bien fait, ma Sœur quelle defaite?
Pour un Trône il faut bien, une belle retraite.
Tout nôtre Sang en ſort, vôtre rang y rentroit,
Ouï à vôtre Nom ſeul, ce Lieu eſt trop étroit:
Le plan d'*Hidulphe* eſt juſte, il tient vôtre memoire
De ces reſtes brillans, conſervés-vous la gloire
Du Monde quel écart! il lui faut la ſplendeur,
Mais Dieu aime l'Ame humble, il briſe la grandeur.
Le Vent ſouffle, la nuit, il renverſe le vice,
Il chatie l'Orgueil, il fond ſur l'Edifice.
Hidulphe en eſt frappé, rien de plus deſolant,
WAUDRU s'en rejoüit, rien de plus conſolant:
La force du Miracle arme ſa Sainte Envie,
Quelle Victoire au Ciel? il approuve ſa Vie.

Deſ-

Deſormais on la laiſſe en Paix, en Oraiſons,
Elle ordonne d'abord de plus humbles Maiſons,
Quel croiſſant de la Lune ? Elle y met ſes deux Filles,
Qu'il faiſoit beau les voir, mieux qu'au dedans des grilles
S'occuper toutes trois, des biens du Créateur,
S'élever vèrs le Ciel, parler au Redempteur.
WAUDRU perce plus loin, Elle en impoſe au Monde,
C'eſt un attrait puiſſant pour ſa Sœur *Aldegonde* :
Elle voit ſon Ainée, Elle en prend tout l'eſprit,
Elle s'arrache au ſiécle, & s'offre à *Jeſus-Chriſt.*
Dejà voilà un fruit qui vient de ſa Priére,
La Lune en ſon croiſſant fait un Arc de lumiére,
Il decoche en ſecret, les flêches de l'Amour,
Il rejoüit les yeux, la nuit eſt dans le jour.
WAUDRU dans ſa Priére, y eſt toute attirée,
WAUDRU en Oraiſon en eſt toute éclairée.
Ah qu'il eſt delectable ! Ah ! je ſens qu'il eſt doux
D'avoir livré mon Cœur à un nouvel Epoux !
De l'Amour de *Jeſus*, j'ai la Palme ſupréme,
Il me rend cœur pour cœur, la tendreſſe eſt extréme :
Je crains (le charme eſt grand) l'excès de ſes langueurs,
L'Amour a ſes attraits, l'Amour a ſes rigueurs.

De

De ſes plus tendres coups, il montrera l'adreſſe,
S'il laiſſe ſa Vertu, quelque tems ſoùs la preſſe :
Elle s'éleve à Dieu, c'eſt ſa perfection,
Un grain de Sable s'offre, une imperfection.
C'en eſt aſſez, c'eſt trop, Elle eſt toute en allarmes,
La Priére eſt ſterile, elle en verſe des larmes :
Seigneur vous l'éprouvés, il lui faut du ſecours,
Elle reſte en extaſe, à vous Elle a recours.
Le regrêt du Palais ſans doute la deſole ?
Elle n'y penſe pas, un Ange la conſole.
Son diſcours nous enflame en l'Office Divin,
Perſeverés Waudru, le prix eſt à la fin.
Pourquoi changer en pleurs vôtre Sainte Allegreſſe ?
Dieu adoucit en tems du Cœur la ſechereſſe,
Vous êtes ſans defaut, tout le Ciel vous cherit,
L'Ange vient d'y rentrer, mais en ſort Saint *Gery*.
Qu'avés-vous tendre Amante, où eſt le Sacrifice ?
Prennés ce peu de Pain, le Vin de ce Calice,
C'eſt un Pain fait au Ciel, c'eſt le Sang de *Jeſus*,
Je viens vous en nourrir, croïés-moi la deſſus.
Je vous le dis par ordre, en tout vous ſçûtes plaire,
A Dieu & à ſes Saints, puis-je mieux vous complaire ?

Ah

Ah que ſon Sort eſt doux ! quel trait apparoiſſant !
Vous la verrés bien-tôt à ſon dernier croiſſant.
Quand la Lune eſt ſenſible, on ne craint point l'orage,
WAUDRU étoit au Port, au milieu du Naufrage,
Dans le Cœur d'un Epoux, qui charmé la charmoit,
Elle eût l'eſprit content, en ſouffrant Elle aimoit.
L'épreuve étoit aimable, & pleine d'eſperance,
L'Amour étoit l'épreuve, & rempli d'aſſeurance :
Laiſſons le doute à *Paul*, il craint ſa pieté,
WAUDRU ne doute plus, de ſa felicité.
Jeſus lui dit au Cœur (ô Sort digne d'envie !)
Que ſon Nom eſt écrit dans le Livre de Vie.
O Triomphe, ô bonheur ! ô Sort miſterieux !
Dans ce Divin moment le Ciel s'ouvre à ſes yeux.
O l'aimable coup d'œil, Elle voit ſa Couronne !
Le Corps encore en terre, & l'Ame ſur le Trône !
Achevés, je vous prie, achevés mon Epoux,
Je ne ſuis plus à moi, je ne ſuis plus qu'à Vous.
Comme la Lune eſt claire, en ſon croiſſant ſenſible,
WAUDRU le fût auſſi, *Vertu qui eſt viſible.*
Elle influe comme elle, Elle eſt en tout ſon plein :
Je finis en deux mots, fruits qu'elle at à ſa fin.

TROISIEME MEMBRE.

On ne peut l'ignorer, Elle a ſes influences,
La Mèr eſt agitée à ſes proches avances,
Rien de plus ordinaire en toutes les Saiſons,
On voit ſenſiblement, Coquilles, Os & Joncs
Se remplir, ſe vuider ſans obſtacle & ſans peine,
Selon qu'on voit la Lune, ou moins ou bien plus pleine.
Peut-on à Nôtre Sainte, attribuer ſon flux ?
Des beſoins des ſecours, ſon Sein eſt un reflux :
Son Cœur eſt dans mil cœurs, prodigues influences !
Pauvres, ſouffrans, captifs, quelles experiences ?
Elle leur donne tout ſans ſe rien retenir,
Que le deboire ſeul d'avoir peu à fournir ;
Ne ſuffit-elle pas, à toutes les miſéres ?
Jeſus lui met en main les Sommes neceſſaires.
C'eſt lui qu'elle voit ſeul, dans tous les malheureux,
Pouvoit-il refuſer, de ſoulager ſes Vœux ?
Ses deſirs ſont ſuivis, on les perfectionne,
Elle demande avis, Saint *Guilain* cautionne :
Faites de nobles Cœurs, l'aſſociation,
On peut vivre ſans Vœux, en Congregation.
Elle en benit ſon DIEU, c'eſt ſa plus grande Fête,

Saint

Saint *Aubert* la contente, il lui voile la Tête.
La Cour en eſt ſurpriſe, on en parle au Palais,
Son voile, à la retraite, attire ſans delais,
Le Sexe le plus haut, la fleur de la Nobleſſe,
S'offre à la ſeconder d'un zéle ſans foibleſſe.
Quel ſouverain mepris des Comteſſes de Rang ?
Quel charme enleve mieux des Princeſſes du Sang ?
Pour ſuivre ſes Vertus, & imiter ſa Vie,
Se mettent ſoùs ſes Loix. Ah qu'elle eſt bien ſuivie !
D'abord WAUDRU les forme à la Devotion,
Se prête à tous les ſoins de leur direction.
Quelle aimable Maitreſſe ! & que d'eſprits dociles,
O heureuſe retraite ! ô nobles Domiciles !
L'Honneur de la Vertu, la Vertu de l'honneur,
Y brillent hors d'atteinte au moindre deshonneur.
Quel Etat plus loüable ? Etat de Chanoineſſe,
Je le prouve en faveur de l'illuſtre Jeuneſſe :
On y ſert DIEU de Cœur, & avec liberté,
On L'y ſert avec gloire, eſprit & verité.
S'arracher aux Mortels, chanter avec les Anges,
De ce ſublime Etat ſont les moindres loüanges.
Sans ſon érection, tâche au Nom du Seigneur,
Il n'étoit pas encore honnoré par l'honneur :

Celui-

Celui-ci lui ſoumet les plus Grandes du Monde,
Avec l'humilité qui affermiroit l'onde.
On donne, on y reçoit la ferveur par les yeux,
WAUDRU en eſt l'exemple, il eſt victorieux,
Elle dit, on le fait, Elle fait, on l'imite,
Vous la verrés bien-tôt au plein qu'elle merite.
A tout ſon Apogée, arrive ſa Vertu,
Peut-elle y ajoûter après ſon inſtitut ?
Admirés-la briller entre vingt nobles Voiles,
C'eſt une pleine Lune au milieu des Etoiles.
Une ſi belle Nuit devoit-elle finir ?
Ses merites ſont pleins, qui pouroit les ternir ?
La Mort n'a plus d'égard, & ſa Nouvelle eſt vraïe,
WAUDRU laiſſe ſes Biens & ſa Croſſe à Sainte *Aye*.
Sa Vertu eſt connuë, on accepte ſon choix,
Elle leur dit Adieu d'une mourante voix.
Ces diſpoſitions, & Saintes & tranquilles,
Elle laiſſe de plus, ſon Eſprit à ſes Filles.
Que des pleurs de leur part, que de triſtes accens !
Mais que des voix au Ciel, que d'airs retentiſſans !
Son Viſage pâlit; les Anges l'applaudiſſent,
C'eſt ſon dernier ſoupir, les Saints s'en rejoüiſſent :
Elle entend leur Concert, ils chantent ſa faveur,

Elle

Elle va rendre l'Ame en mains de ſon Sauveur.
La Croix devant les yeux, la Tête ſur la pierre,
Elle expire, Elle meurt & finit ſa carriére,
Non par le poid des Ans, par le poid des Vertus,
Elle voit à ſes pieds les Demons abbatus.
Non du coup de la Mort, de la main de la Vie,
Aye ferme ſes yeux, des voix Elle eſt ravie :
Rien de funebre ici, tout y eſt glorieux,
Pleine comme la Lune, Elle entre dans les Cieux.
Si comme le Soleil, Elle eſt très-bien choiſie,
Elle eſt comme la Lune, auſſi mieux embelie ;
Elle change comme elle, Elle en ſçait les quartiers,
J'en prouvai la raiſon, *du monde adieux altiers.*
Elle eſt claire comme elle, en ſon croiſſant ſenſible,
J'en prouvai la raiſon, *Vertu qui eſt viſible* :
Elle influe comme elle, Elle eſt en tout ſon plein,
J'en prouvai la raiſon, *fruits qu'elle at à ſa fin* ;
Ainſi on trouve au Ciel, ainſi on trouve en Terre
De la grande WAUDRU l'auguſte Carractére.

Pulchra ut Luna, Electa ut Sol.

Toujours belle & choiſie, en ſa ſucceſſion, Ce ſont les Dames Chanoineſſes.
Meſdames vous reſtés, ſa vive expreſſion,
Nées toutes comme Elle, à deux trois pas du Trône,

D'un

D'un Sang qui rejallit, ſouvent ſur la Couronne.
Vôtre Chapître prime, on peut bien l'étaler,
Quel honneur pour vos Noms ! le mien eſt d'en parler.
Il faut le plus beau Sang, qui coule ſur la Terre,
Pour tracer les Vertus de WAUDRU Vôtre Mére,
Il s'arrête en vos Cœurs, il y regne en jaloux,
Pour en perpetuer d'auſſi nobles que Vous.
Gloire à DIEU & au Roi, la Croſſe Abbatiale
Portée maintenant par une Main Roïale,
Ne vous ſouffrira point, une ſeule action,
Qui ne valût l'Empire, en ſa perfection.
Tout eſt majeſtueux, tout eſt noble en ce Temple,
Tout n'eſt pas moins charmant dans les traits de l'exemple.
Meſdames, qui doutât de vos pieux deſſeins ?
Rendant ce qui eſt dû, aux Offices Divins.
Reſpêt, intention, ferveur, exactitude,
O Soins édifians ! ô douce inquietude !
Pour tout le temporel, ſoumiſes à *Cæſar*,
Il a changé ſon Sceptre, en Croſſe à vôtre égard.
Regit-il l'Univers ? l'Univers eſt ſon Tître,
Charles Empereur Roi, regit-il le Chapître ?
Pere Empereur & Roi, Quel Sort Vous eſt tombé ?
Le Potentat du Monde, à *Mons* eſt vôtre Abbé !

Si

Si je Vous porte au Trône, avec le vol des Aigles,
Ce n'eſt pas ſans ſujet, leurs Ordres ſont vos Regles :
Vôtre Etat dans le Monde, eſt le mieux arrangé,
Verroit-on donc au Ciel, ce haut Rang derangé ?
Du Trône & du Tombeau, je m'évite un reproche,
J'anime ſans flâter, ce dernier me raproche,
C'eſt ce Sacré Dépôt, le Corps Saint de WAUDRU,
Bien moins depuis ſa Mort, diminué qu'accru.
C'eſt ce beau Feu caché, ſoûs des Cendres vivantes,
Qui jettent dans vos yeux des flâmes innocentes :
A travèrs de ſa Chaſſe, Elle anime vos voix,
Vos merites, vos pas, vos Cœurs & vôtre Choix.
Dès la pointe du jour, quel zéle pour l'Office ?
Dormant, vôtre Cœur veille, à DIEU & ſon Service.
Moins au Monde & à vous, vous êtes plus à Lui,
De vos plus doux momens, il receuille le fruit,
Journaliéres Vertus, Vertus ſi reverées,
Vous changés de WAUDRU les Tenébres Sacrées,
Son Chef en eſt plus riche, & ſon Corps triomphant,
Il r'anime ſon Cœur aux Voix de vôtre Chant.
Vous Lui ouvrés les Mains, Lui donnant vos Richeſſes,
Vous remués ſes Pieds, Lui portant vos Nobleſſes.

Sa

Sa Mort est immortelle, on vît sur son Tombeau,
Il brule autant qu'il brille, ô l'aimable flambeau!
Ainsi de vos Vertus, la Lune est embélie,

Pulchra ut Luna,

Le Soleil en fait Choix pour l'éternelle Vie.

Electa ut Sol.

C'est tout vôtre Souhait, Souhait le seul util,
Pourrois-je y ajoûter? Je dis, *Ainsi soit-il.*

APPROBATIONS.

J'Ai lû cet ELOGE composé en Vers par le très-Reverend Pere *Antoine* Capucin, Predicateur de Cauberg, dans lequel je n'ai rien remarqué de contraire à la Foi, ou aux bonnes Mœurs, qui puisse en empêcher l'Impression. Le Tître est : *Pulchra ut Luna.* ce 7. Avril 1739. à Louvain.

JEAN FRANÇOIS DE LELOZ DE BILLEMONT
Docteur, Professeur Roïal en Théologie, Doien de la Collegiale St. Pierre.

J'Ai lû avec soin cet *Eloge de Sainte* WAUDRU, Composé par le Reverend Pére *Antoine* Capucin, Predicateur de Caubergh, dans lequel je n'ai rien remarqué qui ne soit conforme à la Foi & aux bonnes Mœurs. Donné à Brusselles le 20. May 1739.

N. KERPEN *Pleban & Chanoine de Sainte* Gudule *Censeur des Livres.*

AYant lû cet *Eloge de Sainte* WAUDRU en Vers, & les Approbations ci-jointes, je permets, autant qu'il est en mon pouvoir qu'il soit imprimé. Fait à Nôtre Convent à Bruxelles le 4. de Juillet 1739.

F. CASSIEN DE BOSSUT *Provincial des Capucins de la Province de Flandres.*

www.ingramcontent.com/pod-product-compliance
Ingram Content Group UK Ltd.
Pitfield, Milton Keynes, MK11 3LW, UK
UKHW020455230726
13925UKWH00005B/1962

9 782014 043501